les plus belles histoires du

PÈRE CASTOR

3

Vous pouvez retrouver chacune des histoires de ce recueil dans les collections du Père Castor.

ISBN : 978-2-0816-0493-3 – Dépôt légal : mai 2008
87, quai Panhard et Levassor – 75647 Paris Cedex 13
www.editions.flammarion.com
Imprimé en France par Pollina s.a., Luçon – 03-2008 - n° L46425
Loi n°49-956 du 16 juillet 1949 sur les publications destinées à la jeunesse.

les plus belles histoires du PÈRE CASTOR

3

Père Castor • Flammarion

Table des histoires

Il neige tant et tant
que les champs sont blancs, tout blancs.

Ce petit lapin-là
n'a plus rien à manger.
Rien.
Il ouvre sa porte :
« Brr… Qu'il fait froid ! »
Le petit lapin
s'en va chercher
quelque chose,
quelque chose à manger.

Et voilà qu'il trouve,
savez-vous quoi ?

Deux carottes rouges,
grosses comme ça,
qui dormaient sous la neige.
Croque, croque, croque.
Il en mange une.

Il n'a plus faim.
Il se dit :
« Il fait si froid,
il neige si fort,
le petit cheval,
mon voisin,
a sûrement faim.
Je vais porter
l'autre carotte
chez lui. »

Court, court,
le petit lapin,
chez le petit cheval,
son voisin.

Toc ! Toc !
Il ouvre la porte…
Ah ! le petit cheval
n'est pas là !
Il laisse la carotte…
et s'en va.

Dans la neige
qui glisse et qui crisse
le petit cheval cherche
quelque chose à manger.

Et voilà qu'il trouve,
savez-vous quoi ?

Un gros navet, blanc et violet,
qui faisait une bosse sous la neige.
Croque, croque, croque.
Il mange le navet.

Bon, bon !
Il n'a plus faim,
et il revient
dans sa maison.

Il rentre chez lui, voit la carotte, et dit :
« Qui me l'apporte ? C'est le lapin gris :
J'ai vu ses petits pas dans la neige !
Comme il est gentil, ce petit lapin gris ! »

Puis il se dit encore :
« Il fait si froid, il neige si fort,
le mouton a sûrement faim.
Vite, je lui porte cette carotte
et je reviens. »

Galope ! petit cheval, galope !
hop ! hop ! hop !
hop ! hop ! hop !
vers la maison du gros mouton.

Toc ! Toc !
Il ouvre la porte…
Ah ! le mouton n'est pas là !
Le petit cheval pose la carotte
et s'en va…

Le gros mouton frisé
est allé chercher quelque chose à manger.

Et voilà qu'il trouve,
savez-vous quoi ?

Un chou rouge bien caché sous la neige.
Il mange le chou feuille à feuille,
croque, croque, croque.
Il n'a plus faim
et il revient dans sa maison.

Mouton entre chez lui,
voit la carotte et dit :
« Une carotte,
qui me l'apporte ?
C'est le petit cheval,
je parie :
je vois ses pas
dans la neige ! »

Et le mouton dit encore :
« Il fait si froid, il neige si fort,
le chevreuil a sûrement faim :
je lui porte la carotte et je reviens. »

Le gros mouton trotte, trotte sur la neige
qui glisse et qui crisse, sur les prés gelés,
à travers les bois, jusqu'à la maison
du petit chevreuil roux.

Toc ! Toc !
il ouvre la porte…
Ah ! le chevreuil n'est pas là !
Il laisse la carotte
et s'en va.

Le chevreuil est allé chercher
quelque chose à manger.
Il a trouvé,
savez-vous quoi ?

Une touffe d'herbe gelée
et les bourgeons d'un petit sapin.
Il en mange tant qu'il n'a plus faim.

Il rentre chez lui,
voit la carotte et dit :
« Qui me l'apporte ?
Le mouton marron, je crois :
il a perdu un brin de laine,
en sortant d'ici. »

Et le chevreuil dit encore :
« Il fait si froid, il neige si fort,
le lapin gris a sûrement faim.
Vite, vite,
je lui porte cette carotte
et je reviens. »

Saute, saute,
le petit chevreuil roux,
par-dessus les haies,
par-dessus les houx,
dans les bois sans feuilles,
saute le chevreuil.

Il arrive, il arrive enfin
à la porte du petit lapin.

En rentrant chez lui,
le lapin gris s'est endormi.

Le chevreuil, tout doux,
ouvre la porte et pose la carotte,
tout doux, près du lit.

Le lapin se réveille.
Le chevreuil lui dit :
« Il fait si froid, il neige si fort,
tu n'as peut-être rien à manger !
Je t'apporte une carotte… »

Et c'est ainsi que,
du cheval au mouton,
du mouton au chevreuil,
la carotte revint
au petit lapin gris.

Ah ! les bons,
les bons amis !

La Grande Panthère Noire

La Grande Panthère Noire
a une faim terrible.
Elle sort de la jungle pour chasser.
Elle rencontre un lapin :
elle le mange.
Elle rencontre un petit cochon :
elle le mange.
Elle rencontre une vieille chèvre :
elle la mange.
Elle rencontre une grande vache :
elle la mange.

Alors là, ça ne va plus !

Les braves villageois ne sont pas contents.
(Ce sont des hindous de l'Inde).
Ils prennent leurs fusils,
et ils partent à la recherche
de la Grande Panthère Noire,
en entonnant leur chant de guerre
pour se donner du courage.

Les jeunes gars du village
marchent devant.

Le vieux chef marche derrière.

Il découvre bientôt la piste de la Panthère
en suivant les traces
de ses grosses pattes noires sur le sable.

Le vieux chef a épaulé son fusil…
Pan-Pan !
Il a tiré au hasard.
Manquée, la Panthère Noire !

Mais où est-elle donc ?

Les jeunes gars du village se retournent
au bruit, et que voient-ils
juste derrière le vieux chef ?
La Grande Panthère Noire qui renifle
et qui fait « Miam Miam »
en ouvrant une gueule comme ça.

Alors le plus brave des chasseurs se sauve
à toutes jambes et les autres le suivent…
en tirant des coups de fusil à tort et à travers.
La Grande Panthère Noire, qui n'aime pas
beaucoup le bruit du fusil, se sauve aussi…

Les braves villageois
ne vont pas bien loin,
car ils ont très envie
de la belle fourrure noire
de la Grande Panthère Noire.
Ils font un feu et se reposent
avant de repartir.

Et puis la chasse continue.

La Grande Panthère Noire fait le tour
d'un petit bois de figuiers banians
pour surprendre les braves chasseurs,
mais les braves chasseurs
courent derrière elle.

Quand les chasseurs sont d'un côté du bois,
la Grande Panthère Noire…
est de l'autre côté !
Si bien qu'ils tournent autour du petit bois
de figuiers banians un jour, une nuit,
une semaine, des mois…

Tout de même, au bout d'un an,
la Grande Panthère Noire se dit :
« Il faut en finir, j'ai maigri de 100 livres
à force de tourner en rond sans rien manger !
Si ça continue, les chasseurs auront ma peau
sans tirer un coup de fusil. »

Alors, au trot, la voilà partie
tout droit vers le Nord !
Les braves chasseurs courent toujours
derrière elle, en suivant les traces
de ses grosses pattes noires.

La Grande Panthère Noire franchit
l'Himalaya, le Tibet, la Mongolie,
la Muraille de Chine et la Sibérie.

Et les braves chasseurs franchissent, eux aussi,
l'Himalaya, le Tibet, la Mongolie,
la Muraille de Chine et la Sibérie.

Enfin, la Grande Panthère Noire
arrive sur une banquise.

Elle rencontre un ours blanc,
un phoque gris,
un hareng,
elle les mange.

Les braves chasseurs la suivent toujours.

Mais voici que la neige se met
à tomber à gros flocons.

La Grande Panthère Noire
devient toute blanche et,
comme elle est toute blanche
sur la neige blanche,
les chasseurs ne peuvent plus la voir :

Pfft… plus de Panthère !

Les pauvres chasseurs
sont bien étonnés ;
tête basse, et très tristes,
ils rentrent chez eux…

En arrivant, ils apprennent que
la Grande Panthère Noire
est déjà revenue
et qu'elle a mangé :
un lapin,
un petit cochon,
une vieille chèvre…
Alors là, ça ne va plus !
Mais alors, plus du tout,
du tout, du tout !

Les villageois ne sont pas contents.
Ils prennent leurs fusils et ils partent
à la recherche de la Grande Panthère Noire,
en entonnant leur chant de guerre
pour se donner du courage.

Tirbouchonet a la rougeole

Ce matin-là,
en réveillant Tirbouchonet,
Maman Cochon a vu
qu'il avait de la fièvre
et des petits boutons rouges
sur tout le corps.

Maman Cochon fait venir
le Docteur Guéritou.
Il ausculte Tirbouchonet et dit :
– Votre petit Tirbouchonet a la rougeole.
Il doit rester au lit pendant une semaine
et prendre du sirop trois fois par jour.

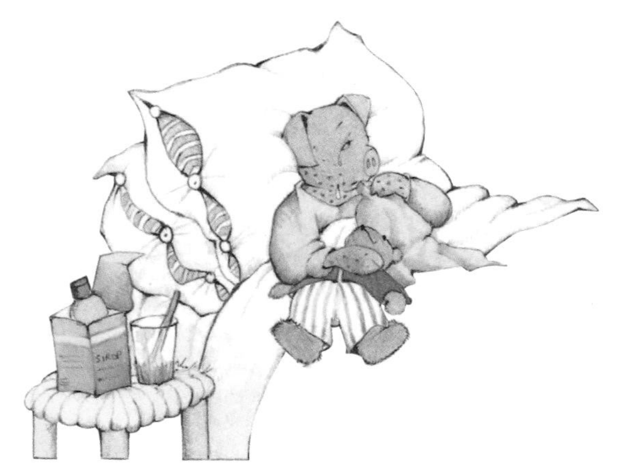

Cela n'enchante pas Tirbouchonet.
Il n'aime pas du tout rester au lit.
Et il se met à pleurer.

Tirbouchonet entend ses amis,
les petits cochons, qui font des rondes
et des jeux, dehors.
Comme il aimerait
les rejoindre !

Tirbouchonet a mal à la gorge.

Tirbouchonet a mal aux yeux.

Tirbouchonet a soif.

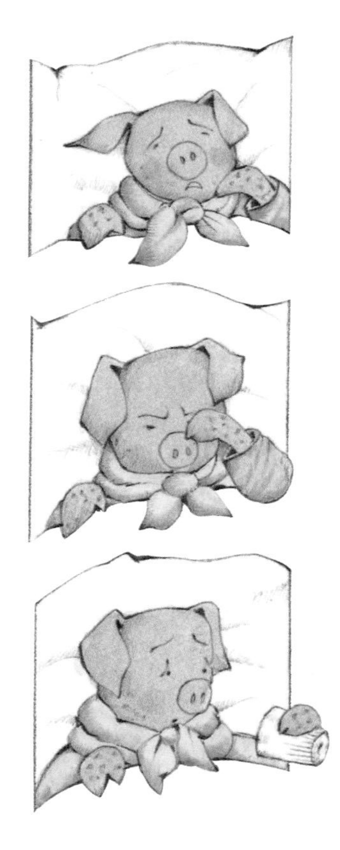

Maman Cochon lui donne à boire.
Elle tire les rideaux
et quitte la chambre
sur la pointe des sabots.

Tirbouchonet reste seul dans l'obscurité.

Au-dehors, le soleil brille
sur les amis de Tirbouchonet,
qui continuent leurs rondes
et leurs jeux…

Tirbouchonet rêve,
il rêve d'un gros hippopotame.
Gros, si gros !
qu'il occupe toute sa chambre.
Gros, si gros !
qu'il menace de pousser les murs.
Gros, si gros !
qu'il écrase Tirbouchonet
au fond de son lit.
Gros, si gros !...

Tirbouchonet a peur.
Il va mourir étouffé...

Il ouvre les yeux.
Maman Cochon est là.
Elle le cajole et le rassure :
– Tu as fait un cauchemar,
mon petit Tirbouchonet.

L'après-midi,
le sirop du docteur Guéritou
commence à faire son effet.
Tirbouchonet se sent
déjà un peu mieux
quand Grand-Mère Cochon
fait son apparition.

Grand-Mère lui offre
un beau livre
et lui raconte
tout de suite l'histoire
des trois petits cochons
et du grand méchant loup.
Tirbouchonet en frémit
de plaisir.

Puis arrivent Tante Agathe
et Oncle Jules.
Ils racontent de bonnes blagues
à Tirbouchonet
et la chambre s'emplit
de rires joyeux.
Maintenant ils chantent
tous en chœur :

Un petit cochon,
pendu au plafond.
Tirez-lui la queue,
il pondra des œufs…

Déjà le soir.
Voilà Papa Cochon
qui rentre de son travail.
Il vient s'asseoir
près de Tirbouchonet
et lui raconte sa journée.

– Maman, Papa, Grand-Mère,
Tante Agathe et Oncle Jules,
et même le Docteur Guéritou,
je les aime tous,
murmure Tirbouchonet,
heureux.

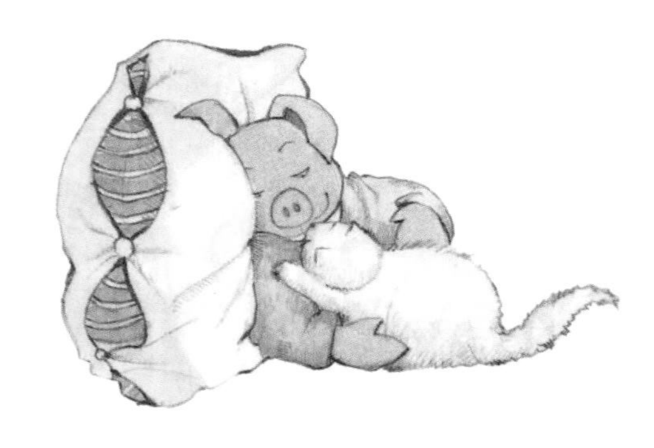

Au-dehors, ses amis, les petits cochons,
ont cessé leurs rondes et leurs jeux.
Un ciel gris et un petit vent frileux
les ont fait se réfugier dans leur maison.

Petits cochons,
il se pourrait bien que demain…
… vous aussi, vous ayez de la fièvre
et des petits boutons rouges
sur tout le corps.

Alors votre maman appellera
le Docteur Guéritou.
Il viendra dans votre maison,
vous auscultera et dira :
– Vos petits ont la rougeole.
Ils doivent rester au lit
pendant une semaine
et prendre du sirop
trois fois par jour…

Fin

Une histoire de singe

Dans les grands arbres de la forêt sauvage
habite toute la famille des singes :
les grands-pères, les grands-mères,
le père, la mère, les frères, les sœurs,
les oncles, les tantes,
les cousins, les cousines…
et Petit-Singe.
Il est si petit que personne
ne fait attention à lui.

Pas très loin,
il y a le fleuve calme et lent.
Petit-Singe a bien envie d'y aller.
Il descend de son arbre.
En trois bonds, hop ! hop ! hop !
il est près du fleuve.

Vite il grimpe
tout en haut d'un cocotier
et saisit la plus belle des noix de coco.

Comme elle est grosse !
Comme elle est lourde !
Et comme l'arbre penche
au-dessus de l'eau !

La noix de coco glisse
des mains de Petit-Singe.
Oh ! il en perd l'équilibre...
Plouf ! dans le fleuve,
noix de coco et Petit-Singe.
C'est là qu'habite Croco-poco-toc-minoc,
le plus grand des crocodiles.

– Tiens,
voici un bon repas ! dit-il.
– Non,
Monsieur le crocodile,
vous vous trompez,
dit Petit-Singe en tremblant,
c'est seulement un tout petit repas.
Je suis si maigre, mes petits os
vous piqueraient la gorge.
Ce qu'il vous faut pour déjeuner,
c'est un buffle bien gras.

– Un buffle bien gras ? Où est-il, celui-là ?
– Tout près d'ici, mais il faut m'aider à le tirer jusqu'à vous.
– Comment ça ?
– Prenez cette liane solide, et tenez-la bien fort.
À l'autre bout, j'attacherai le buffle.
– Bonne idée, dit le crocodile.
Et il serre fort la liane.

Petit-Singe, mine de rien,
suit la liane.
Enfin la forêt !

Mais, entre les arbres…
qui s'approche ?…
C'est l'éléphant ;
il demande :
– Que t'est-il arrivé,
Petit-Singe ?
Tu es tout mouillé
et tu trembles.

– Le crocodile voulait
me manger,
alors je l'ai attrapé
avec cette liane.
– Un crocodile ?
Toi, un tout petit singe
de rien du tout,
tu as pris un crocodile ?
Tu me racontes
une histoire !
– S'il vous plaît,
Monsieur l'éléphant,
tirez sur cette liane,
à l'autre bout vous verrez
un vrai crocodile !

L'éléphant est curieux.
Il enroule la liane autour de sa trompe,
et il tire… tire…

La liane se tend.

– Quel gros buffle ! pense le crocodile,
et, lui aussi, il tire… tire…

Quand l'éléphant tire d'un côté,
le crocodile tire de l'autre.
Qui sera le plus fort ?...

C'est l'éléphant !
Il traîne le crocodile hors de l'eau,
puis sur le sable et sur les pierres,
jusqu'à ce que...
crac ! la liane casse.

– Petit-Singe, tu m'as fait une farce,
dit le crocodile, la prochaine fois,
je te mangerai.
– C'était bien un vrai crocodile,
dit l'éléphant.
Allons, Petit-Singe,
viens maintenant,
je vais te ramener
chez ta maman.

Petit-Singe,
en arrivant chez lui,
raconte comment
il a attrapé
le plus gros des crocodiles ;
mais personne ne veut le croire.

– Je l'ai vu, moi, dit l'éléphant.

Alors, toute la famille et aussi les amis
se mettent à rire, à rire de plus en plus fort.
Ils font une fête pour Petit-Singe,
le plus petit des singes.
Ils vont chercher des noix de coco et aussi
des bananes qu'ils mangent tous ensemble.
Quel festin !
Même l'éléphant a sa part.

Puis, le soir,
en se couchant dans les bras de sa maman,
Petit-Singe lui dit :
– Tu sais, Maman ! j'ai inventé un buffle
pour ne pas être mangé par le crocodile.

La maman sourit.
Elle le berce pour qu'il s'endorme.

Fin

Le blaireau à lunettes

Il était une fois un blaireau
qui portait des lunettes,
alors tout le monde l'appelait
le blaireau à lunettes, tout simplement.

Il portait des lunettes
parce qu'il ne voyait pas très bien.
Il n'était pas vieux, non,
mais sans ses lunettes il confondait
un éléphant avec un ouistiti.

Le soir, dès qu'il se réveillait,
il cherchait ses lunettes à côté de lui
sur la table de nuit
et se les mettait sur le nez.
Ainsi, il pouvait se reconnaître
dans la glace de la salle de bains.

Sans lunettes il se prenait
pour un pingouin d'Australie
ou une marmotte à poils durs…

Le soir, donc,
il se lavait le dos,
les oreilles, les cheveux…
Oh ! pardon ! les poils… les peignait…
Il faisait des grimaces devant la glace,
enfilait sa salopette, sa chemise à carreaux
et quelquefois, pour faire chic,
posait sur sa tête un canotier…

Quand il était de très bonne humeur,
en passant dans le jardin
il cueillait une marguerite
et la mettait à son chapeau…

Il ne pourrait jamais faire tout ça,
le blaireau à lunettes,
s'il ne portait pas ses lunettes.
Il se brosserait les dents
avec une balayette,
se coifferait avec un râteau,
mettrait une serpillère comme chemise
et sortirait avec une casserole sur la tête…

Il faut ajouter que
le blaireau à lunettes
était très sociable,
il aimait parler
aux gens dans la rue.

Attention... pas aux personnes
qu'il ne connaissait pas !
Non... mais à ses voisins :
la grenouille par exemple,
qui habitait juste la maison à côté,
maman-chouette et son petit
qui habitaient juste la maison d'en face.

Et puis il y avait... il y avait...
les commerçants :
le marchand de journaux,
à qui il achetait des livres sur l'Italie
pour avoir des nouvelles de sa famille,
le boulanger à qui il achetait
de la pâte d'amandes...

Et puis... il s'en allait dans les autres quartiers
de la ville où il ne connaissait personne,
afin de pouvoir porter son chapeau
de travers comme il en avait envie
sans qu'on lui dise :
– Attention ! Votre chapeau est...
– Oui... oui... je sais,
mon chapeau est... de travers...

Il menait une vie tranquille,
ce blaireau à lunettes…
une vie sans histoires.

Mais ne croyez surtout pas
qu'il s'ennuyait…
pas du tout…
il n'aurait pas voulu que ça change…
il aimait le calme,
la tranquillité…
c'était comme ça !!!

Évidemment, si tout continue ainsi,
nous allons refermer le livre
et il n'y aura pas d'aventure…
Voici donc ce qui est arrivé
à notre blaireau à lunettes…

Un soir, le blaireau à lunettes
ouvre un œil et puis l'autre...
« Quelle belle journée !!! »
se dit-il à voix basse
pour ne pas se réveiller trop vite.
Il voit à travers les volets
la lune qui est déjà levée, elle...

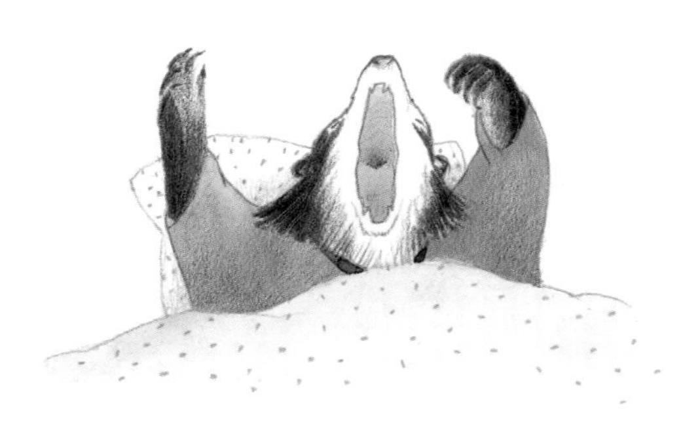

Il referme les yeux, bâille une fois,
deux fois, s'étire et tend son bras droit
pour chercher ses lunettes
sur la table de nuit.
Pas de lunettes !
Il touche la lampe de chevet... son livre...
mais pas de lunettes...

« Tiens, elles ont dû tomber sur le tapis. »
Difficile de voir des lunettes sur un tapis
qui a plein de dessins...
Eh non... pas de lunettes non plus !

Aïe, aïe, aïe... Ça commence mal...
Il va falloir sortir l'autre bras...
Même avec deux bras
et deux mains,
il ne retrouve pas ses lunettes.

Il se laisse glisser de son lit sur le tapis
et s'assied tranquillement pour réfléchir...
Qu'a-t-il fait ce matin
avant de se coucher ?

Il s'est lavé les dents…
Naturellement,
ses lunettes ont dû rester sur le lavabo…
Il avance à tâtons jusqu'à la salle de bains.
Rien sur le lavabo…
Ni sur le bord de la baignoire…

Ah ! l'affaire se complique…
Pourtant la mémoire du blaireau est normale.
Elle ne vaut pas celle de l'éléphant,
mais tout de même !

Le blaireau à lunettes
se dit qu'il va être ridicule :
la grenouille sa voisine
et maman-chouette et son petit
et le marchand de journaux
et le monde entier…
le montreront du doigt en disant :
– Vous avez vu, le blaireau à lunettes
a perdu ses lunettes…
– Le blaireau à lunettes
a perdu ses lunettes !

Et que répondre à tous ces gens ?

– Oui, oui,
je vois que j'ai perdu mes lunettes.
Eh non ! je ne vois pas, justement…
Je ne vois plus rien… Quelle honte !
Alors le blaireau à lunettes
se met à pleurer comme un enfant
qu'on ne veut pas emmener au cirque.
Il pleure… il pleure… ses larmes tombent
sur le carreau de la salle de bains.
Ça fait une flaque… une mer, un océan…

Il faudrait qu'il s'arrête,
sinon il va devoir rejoindre son lit à la nage…
Et pas de mouchoir pour essuyer son nez !
Cette histoire le fait pleurer encore plus…

– Arrêtez de pleurer !
Vous allez vous noyer !

Non seulement il ne voit rien,
mais en plus, il entend des voix…
– Arrêtez, je vous dis !
Pourquoi pleurez-vous si fort ?

Alors là… il en est certain :
quelqu'un a parlé !
– Pourquoi pleurez-vous si fort,
je vous demande ?
– Qui est là ?
pleurniche le blaireau à lunettes
à travers ses larmes.

– Excusez-moi ! Ça fait cinq minutes
que je frappe à la porte et comme personne
ne répond, je me suis permis d'entrer !
– Qui parle ?
redemande le blaireau à lunettes
qui voit de moins en moins.
– Je suis votre voisine du dessous,
vous m'avez réveillée en pleurant si fort…
et je viens voir ce qui ne va pas…

La voisine du dessous…
la voisine du dessous…
Il ne savait pas qu'il y avait une voisine
en dessous. D'abord, parce que les voisins
n'habitent pas au-dessus ni en dessous
mais à côté…
Et lui qui est là, dans la salle de bains,
en pyjama, à pleurnicher.

– Ça n'a pas l'air d'aller ! Je peux vous aider ?
demande de sa voix de flûte
la voisine du dessous.
– Oui… oui… est-ce que par hasard
vous voyez quelque part
une paire de lunettes rondes,
toutes rondes ?
– Une paire de lunettes rondes,
toutes rondes ?
– C'est ce que je cherche.
– Bien sûr que je les vois !

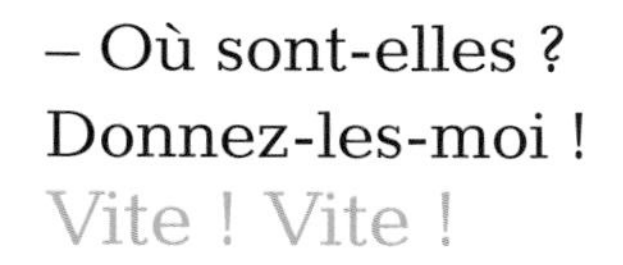
– Où sont-elles ?
Donnez-les-moi !
Vite ! Vite !

La voix de flûte de la voisine
du dessous se met à rire.
Voilà ! c'était prévu :
elle se moque de lui !
– Elles sont là, vos lunettes rondes,
toutes rondes…
– Où ?
– Sur mon nez !

Alors là, non seulement elle se moque de lui,
mais en plus elle se paie sa tête…
– Elles sont sur mon nez !
Tenez, je vous les redonne !

Ça y est !
Il voit !!! Il revoit !!!
Ses lunettes sont sur son nez !
Il ne rêve pas… il voit… Il voit… un… une…
c'est sans doute la voisine du dessous !
– Vous êtes…
– La voisine du dessous. Je suis désolée
de ne pas m'être présentée plus tôt,
mais chaque fois que je viens vous voir…
vous dormez… je n'ose pas vous réveiller…
– Ah ! parce que… vous…
demande, ahuri, le blaireau à lunettes.

Il ne comprend rien
à ce que lui raconte la voisine du dessous.

– Je suis la taupe grise…
J'habite en dessous de chez vous
depuis deux mois et quatre jours…
– Je n'avais pas remarqué.
– Vous ne pouviez pas, répond gentiment la taupe grise.
Quand je me réveille, vous vous endormez
et quand je m'endors, vous vous réveillez !

Décidément, elle est bizarre,
elle est énigmatique,
cette taupe grise !
– Je vis le jour et je dors la nuit,
si vous préférez.
Vous ne saviez pas que les taupes…
– Heu ! Heu ! si, si, bien sûr…
je savais que les taupes grises…
vivent… heu… et… dorment…
Mais je ne vois pas le rapport
avec mes lunettes !

Et la voilà qui rit de nouveau,
la taupe grise.

Le blaireau à lunettes se demande
s'il va l'aimer, cette voisine du dessous,
si elle rit comme ça, sans arrêt !

– C'est simple.
Je ne vois pas très bien non plus…
je suis un peu myope, comme on dit…
– Ah ! vous aussi !… dit-il, soulagé.
– Moi aussi… Alors,
comme vous avez besoin de vos lunettes
pendant la nuit quand je dors,
et que moi, la taupe grise, j'en ai besoin
la journée, quand vous dormez…
je viens… comment dire…
– Vous venez ?
demande le blaireau à lunettes, impatient.
– Tous les jours, je viens vous emprunter
vos lunettes… J'attends le matin
que vous vous endormiez, et là… là…
j'entre sans bruit dans votre chambre…
je prends vos lunettes sur la table de nuit
et je vais me promener dans la ville !
– Et après ? demande, toujours impatient,
le blaireau à lunettes.
– Et après, je rentre le soir,
je remets vos lunettes sur la table de nuit
et je vais me coucher. Voilà !
Vous êtes fâché ?

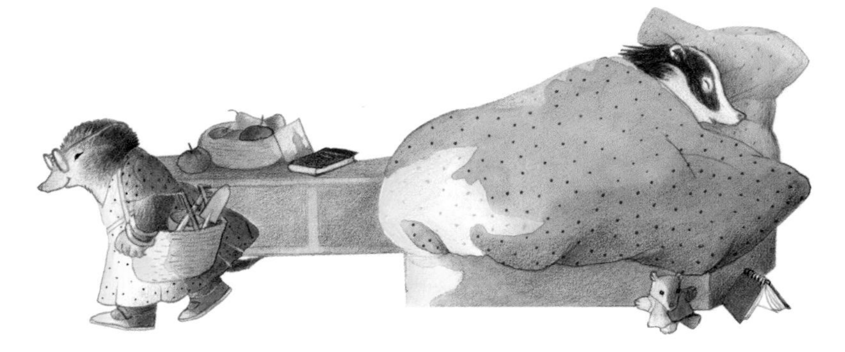

Le blaireau à lunettes
ne sait pas encore
ce qu'il va répondre.
Il ne sait pas encore
s'il va avoir une colère terrible,
taper du pied, casser un vase
qu'il n'aime pas…

Non ! Tout ça est trop fatigant...
– Fâché ? moi ? Pas du tout !!!
Je voudrais simplement savoir pourquoi
ce soir, vous ne m'avez pas rapporté
mes lunettes.
La taupe grise se met alors à rougir...
baisse les yeux et dit :
– Eh bien, voilà la vérité :
il y a longtemps que j'avais envie
de vous connaître...
Maintenant, c'est fait !

Le blaireau à lunettes est content de lui :
il a bien fait de ne pas se fâcher !
– Est-ce que je peux vous offrir
une tasse de café ? demande-t-il.
– Avec plaisir, répond la taupe grise,
j'adore le café avant de me coucher !

Et c'est ainsi
que le blaireau à lunettes et la taupe grise
sont devenus les meilleurs amis du monde !

Si, demain,
vous rencontrez un blaireau à lunettes
qui a perdu ses lunettes,
ne vous moquez pas de lui...
Il les a sans doute prêtées
à son amie la taupe grise !

Histoire du petit chien
qui avait oublié de se laver

– C'est drôle !
dit le papa chien à son petit chien.
Tes poils ne sont pas bien luisants !

– Viens ici, Bébé Chien !
lui dit sa mère.
Qu'est-ce que tu as ?
Tu es malade ?

– Non !
dit le bébé chien.
Je me sens très bien, très bien.
C'est extraordinaire ce que je me sens bien.

« Qu'est-ce que que je peux bien avoir ? »
dit le bébé chien en réfléchissant.

– Ouais ! Ouais !
cria Bébé Chien
tout joyeux.

– Ouais ! Ouais !
cria Bébé Chien
en sautant de joie.
Je sais ce que j'ai !

Je vais très bien,
mais... mais... mais...

j'ai oublié de me laver !
C'est pour ça
que mes poils ont l'air malades.

– Allons, petit étourdi !
dit la mère chien,
viens ici.
Je vais te faire beau.

Marlaguette

Elle s'appelait Marie-Olga,
mais on disait Marlaguette
pour faire plus court et aussi plus gentil.

Un jour qu'elle était allée cueillir
des champignons dans les bois,
une grosse bête sauta sur elle
et l'emporta pour la manger.

Une grosse bête grise,
avec des oreilles pointues,
une gueule rouge :
bref, un loup.

Elle se débattait, Marlaguette,
dans la gueule du loup,
et le loup qui courait toujours
en était tout gêné.

Si bien qu'en arrivant à sa caverne,
il se cogna le front à la roche
qui en faisait le toit.
– Hou là ! hou !
cria-t-il en tombant de côté.

Marlaguette tomba aussi,
mais elle se releva vite.
– Bien fait ! Bien fait ! cria-t-elle
en faisant la nique au loup.

Mais le loup ne bougeait plus.
Il avait l'air bien malade,
avec une grosse bosse au front, une écorchure
et un petit peu de sang qui en coulait.

Maintenant, Marlaguette le regardait
et sa colère tombait.

– Pauvre petit loup ! dit-elle. Il est bien blessé.

Alors elle tira son mouchoir,
alla le tremper dans la source
qui chantait tout près
et fit un beau pansement sur la tête du loup.

Puis elle ramassa des feuilles
et des mousses,
et sur ce petit matelas doux
roula le grand corps.

Même elle planta une large feuille de fougère
tout auprès pour lui servir de parasol.

Comme elle faisait cela,
le loup revint à lui.
Il entrouvrit un œil,
puis le referma.
Il se garda bien de bouger,
d'abord parce qu'il avait
grand mal à la tête,
et puis parce que
c'était tout nouveau
pour lui d'être dorloté,
et, ma foi,
pas désagréable.

Marlaguette s'en alla
sur la pointe des pieds
et courut chez elle ;
elle n'habitait pas loin de là
dans une cabane
à la lisière des bois.

Elle fit un grand pot de tisane
et revint le porter au loup,
avec une petite tasse
pour le faire boire.

Ce ne fut pas commode.
Les grandes dents du loup
cognaient contre la tasse,
et sa grande langue laissait échapper
la moitié du liquide.

Pour tout dire aussi,
il n'aimait pas la tisane.
Lui qui se régalait de viande crue,
avec du bon jus saignant
qui ruisselle le long des babines,
cette camomille l'écœurait.

« Bouh, que c'est fade ! »
geignait-il en lui-même.

Mais Marlaguette disait :
– Allons, bois, vilain loup,
d'une voix si douce
qu'il n'y avait qu'à obéir.

Elle le soigna comme ça pendant huit jours.

Puis elle l'emmena faire une petite promenade,
en marchant tout doucement
pour ne pas le fatiguer.

– Cra ! cra !
cria le geai en sautillant devant eux.
Il te croquera, Marlaguette.
– Ah, tu crois ça ? dit le loup.

Attrape !
Et il se lança en avant
pour croquer le geai,
mais il était tout faible
encore et manqua son coup.

Le deuxième jour,
comme il se promenait,
bien sage à côté de la petite fille,
le geai revint :
– Cra ! Cra !
Marlaguette, il te croquera !
– Menteur ! cria le loup.

Et pour le punir, il se lança en avant
et cette fois il croqua le geai.

Qui fut bien furieuse ?
Marlaguette.
Elle donna au loup une sérieuse fessée

et ne lui parla plus de toute la promenade,
et quand ce fut l'heure de rentrer chez elle,
elle ne lui serra pas la patte.

– Je ne le ferai plus,
dit le loup en reniflant, le cœur gros.
Il avait l'air si repentant
qu'elle lui pardonna.

De fait, à partir de ce jour,
il ne mangea plus une seule bête vivante.

Dans la forêt, cela se sut vite.
Les oiseaux ne s'envolèrent plus
quand il passait sur les chemins ;
et les petites souris vinrent caracoler
jusque sous son nez.
Il en avait l'eau à la bouche,
mais il trottait sagement
à côté de Marlaguette,
les yeux fixés sur son doux petit visage,
pour échapper à la tentation.

Mais alors, qu'est-ce qu'il mangeait ?
Des framboises, des myrtilles,
des champignons, des herbes,
du pain que lui portait Marlaguette…

Hélas ! à ce régime, il s'anémia.
Un loup n'est pas végétarien ;
il faut qu'il mange de la viande,
son estomac est fait pour ça.
Ce fut un vieux bûcheron
qui le dit à Marlaguette :
– Il est en train de mourir, ton ami le loup…

Marlaguette pleura beaucoup,
et puis elle réfléchit toute une nuit,
et puis au matin,
elle dit au loup :

– Je te délie de ta promesse.
Va vivre au fond des bois
comme vivent tous les loups.

Alors, la grande bête grise s'en fut
sur ses pattes maigres
et elle croqua un merle,
et un lapereau, et trois musaraignes
qui prenaient le frais au bord de leur trou.

En peu de temps,
le loup redevint fort et beau.
Mais il ne tuait maintenant
que lorsqu'il avait faim
et jamais plus
il ne mangea
de petit enfant.

Parfois, de loin,
entre les branches,
il voyait passer
la robe claire de Marlaguette,
et cela lui faisait à la fois
plaisir et tristesse.

Et Marlaguette regardait souvent
vers le fond des bois, avec son doux sourire,
songeant à cette grande bête de loup qui,
pour l'amour d'elle, avait accepté
pendant des jours
de mourir de faim…

Quand Coulicoco dort

Il fait si chaud,
Coulicoco a tant joué,
tant couru, tant mangé,
qu'il s'est couché
dans son hamac
après le déjeuner
et qu'il s'est endormi
à l'ombre des figuiers.

Quand Coulicoco dort,
il ne faut pas le réveiller.

Car si quelqu'un le réveillait,
nul ne sait ce qu'il pourrait arriver.

Sa maman fait la lessive.

Son papa va vendre
des melons au marché.

Nul ne songe
à réveiller Coulicoco.

Une mouche pourtant
bourdonne à son oreille,
des cochons grattent,
reniflent et grognent,
mais rien ne réveille Coulicoco.

Soixante-quatorze fourmis
font l'escalade du figuier
pendant que dort Coulicoco.

Très loin, près du grand fleuve,
seize hippopotames vont se baigner
pendant que dort Coulicoco.

Plus loin, plus loin encore,
dans la mer immense,
vont et viennent
mille et mille poissons
pendant que dort Coulicoco.

Coulicoco a dormi longtemps,
très longtemps,
puis, il s'est levé tout seul…
et il s'en va vers le village.

Et si quelqu'un l'avait réveillé,
que serait-il arrivé ?
Sa maman n'aurait peut-être pas fini sa lessive.
La mouche n'aurait pas volé si près de lui.
Les cochons se seraient sauvés…
Les fourmis n'auraient peut-être pas osé
grimper sur le figuier.

Mais, cela n'aurait pas empêché
les hippopotames de se baigner dans le fleuve
ni les poissons de nager dans la mer,
ni la Terre de tourner autour du Soleil,
ni les alouettes de chanter dans le ciel,
ni les enfants de jouer
à l'ombre des maisons.

Et quand Coulicoco arrive à la maison,
son papa est rentré du marché,
sa maman prépare le goûter.
Coulicoco aura encore le temps de s'amuser
avec les enfants du village
et de rire jusqu'au dîner.

Fin

Mère Citrouille

Charlotte a fait
une énorme bêtise.
Mais alors, vraiment énorme !
Si énorme qu'on ne peut même pas dire
ce qu'elle a fait.

Et Charlotte a reçu
une énorme fessée...

– Ça suffit... j'en ai assez des fessées,
dit Charlotte.
Et puisque c'est comme ça,
je m'en vais chez la mère Citrouille,
et on verra ce qu'on verra, na !

Et Charlotte s'en va.

La mère Citrouille habite
au bord de la forêt, dans un trou de rocher,
avec un chat noir de mauvaise humeur,
et un corbeau qui dit des gros mots.

En ce moment,
la mère Citrouille surveille
son bouillon qui gargouille.
Elle ajoute des petits trucs de temps en temps :
un poil de navet, du pipi de grenouille
et un paquet de nouilles.
Encore quelques toiles d'araignée,
un peu de sucre, un peu de sel,
un zeste de citron frais,
et c'est prêt…
– Voilà qui guérira
le père Screugneugneu
de sa mauvaise humeur.

Mère Citrouille est ravie,
et crache sur son chat
qui n'aime pas ça.

– Tiens !
Mais c'est une fillette, saperlipopette !
Que veux-tu, petite horreur ?
Allons, entre, n'aie pas peur !
– Eh bien, Mère Citrouille,
dit Charlotte, voilà.
C'est ma mère. Elle m'embête.
Et elle me donne des fessées.
Pouvez-vous m'aider ?
– Je vois. Assieds-toi.
Je m'en vais lui préparer
un bon petit remède
à ma façon.

D'abord, Mère Citrouille pèle
une carotte géante.
Puis elle la met dans son râpeur automatique
qui fait « clic clic clic ».
Bientôt, le jus coule dans le chaudron.

Puis elle ajoute :
un paquet d'orties
passées à la moulinette,
de la poudre de saperlipopette,
et puis elle tourne et se met à crier :
– Passe-moi le vinaigre, petite horreur !

Charlotte lui passe le vinaigre.
Le chat lui fait
« pschhht » au passage
et le corbeau lui crie toutes les dix secondes
des choses terribles :
– Miel de concombre et tacatata,
petite siphonnée, je vais te picorer le nez !

Mère Citrouille continue
son mélange sur le feu.
Elle ajoute encore
un gros pot de cirage noir.
Puis elle prend un bâton
et le trempe
dans la crème épaisse.
Décidément,
ça ne sent pas très bon !

– Tiens, voilà, petite horreur.
Donne ça à sucer à ta mère,
et tout ira mieux entre vous.
Ça fait… voyons…
douze billes et un boulard.
« C'est un peu cher », se dit Charlotte.
Mais elle tire les billes de sa poche
et les tend à la mère Citrouille qui
grogne :
– Ne te plains pas du prix, petite horreur.
C'est un truc extraordinaire
que je te donne là. Tu verras…

– On dirait une sucette…
– Bien sûr que c'est une sucette,
petite horreur.
Que ça peut être bête, ces enfants !
Allons, fiche-moi le camp !
J'ai d'autres bouillons à faire bouillir.

Et Charlotte s'en va.

En chemin,
elle s'arrête dans un champ
rempli de pâquerettes.
« Tiens, voilà Gémini, le poney. »
Gémini, c'est le grand ami de Charlotte.
Elle le caresse, il la lèche.
Et, au passage…
il flanque un grand coup de langue
à la sucette.

Ça alors…
Voici que sur la tête de Gémini,
juste entre les deux oreilles,
il vient de pousser une corne,
une corne à rayures du plus étrange effet.
– Heu… au revoir, Gémini,
lui crie Charlotte qui s'éloigne
en courant et en disant :
« Pourvu que l'effet de la sucette
ne dure pas trop longtemps… »

Au détour du chemin,
voici Castagnette,
la chatte des voisins,
qui vient d'avoir sept petits
la semaine dernière.
– Castagnette, ma minette,
qu'ils sont jolis, tes petits !

Et, tandis que Charlotte câline
la petite chatte qui ronronne,
les sept petits lèchent gentiment
la sucette… évidemment.
Et voilà !
Les sept bébés chats se couvrent… de plumes.
Puis il leur pousse deux belles ailes à chacun,
et ils s'envolent tous les sept, comme ça,
vrouf !
– Eh, mes enfants ! crie Castagnette, affolée.
– Lèche, vite, répond Charlotte
en lui tendant la sucette, et tu les rejoindras.

En effet, sitôt Castagnette a-t-elle léché
la sucette qu'elle se couvre, elle aussi,
de plumes et s'envole,
assez maladroitement d'ailleurs, en miaulant.

« Malheur, se dit Charlotte,
je trouve que cette sucette
a des effets bien curieux.
Et qu'est-ce que ça
donnerait dans la mare ? »

Charlotte trempe sa sucette
dans l'eau, qui devient orange.
Les nénuphars se gonflent brusquement
et s'envolent en grosses bulles blanches.
La grenouille, bien tranquille,
se couvre de pastilles roses
et se met à faire :
« Hi han, hi han… ! »

Quant aux roseaux, au bord de la mare,
ils se transforment en spaghettis tout ramollis,
et pendent lamentablement sur l'eau.
« Eh bien, je ne m'attendais pas à tout ça,
se dit Charlotte ébahie.
Maintenant il faut rentrer. »

Mais lorsqu'elle retire
la sucette de la mare,
il ne reste qu'un bâton :
tout le reste a fondu.

Charlotte s'éloigne,
en se demandant
ce qui a bien pu arriver
aux têtards, au fond de la
mare…
Ont-ils eu la rougeole ?

En chemin, Charlotte se dit :
« Allons, tant pis pour la sucette.
De toute façon, c'était une punition
de Maman un peu grosse pour une fessée
au fond pas si grosse que ça…
et pour une bêtise assez grosse… »

Pauvre Maman…
Elle ne sait pas à quoi elle a échappé.
Elle aurait pu se couvrir de plumes
et s'envoler.

Ou devenir toute rouge.

Ou encore faire
« Hi han hi han… »

Ou encore avoir
une grosse corne,
là, sur le front…

La voilà, cette maman,
qui ouvre la porte et dit :
– Tu rentres trop tard, Charlotte,
tu auras pris froid… !

Charlotte est un peu embarrassée.
Elle tient le bâton de sucette
dans sa main, d'un air un peu stupide…

Et voici que le bâton se met à grandir,
grandir,
qu'il se transforme en une fleur
avec des tas de pétales bleus et violets.
Une fleur comme on n'en voit
presque jamais, tellement elle est belle.

Maman trouve la fleur si extraordinaire
qu'elle la met dans le grand vase
de porcelaine de Ching Chong Chang.
Et elle fait un énorme baiser à Charlotte.

Et, depuis ce jour, tout va bien
entre Charlotte et sa maman.

Quant à la mère Citrouille,
qui est toujours
au courant de tout,
elle rigole doucement
en tournant
son bouillon
qui gargouille.

Une histoire d'ours et d'élans

– Corax ! Corax !
crie le corbeau dans la grande forêt.
Demain c'est l'hiver,
il va bientôt neiger !
– Tu as entendu ? Il va neiger,
dit Mère Ourse à Père Ours.
Il faut nous dépêcher de trouver
un logement pour l'hiver…
– Et surtout, quelque chose de tranquille,
grogne Père Ours.

Justement la Fouine connaît
une caverne très confortable.
– En échange d'un saumon,
je vous la montrerai, promet-elle.
Et vous ferez une bonne affaire,
je vous le dis !

– Un saumon,
ce n'est pas trop cher
pour se loger tout l'hiver,
dit Père Ours.

Père Ours est allé pêcher
un saumon dans la rivière.
– Merci, dit la Fouine.
Voici votre logement,
l'entrée est derrière les fougères.
Vous verrez, c'est une magnifique tanière !

– Mais c'est merveilleux !
Comme c'est grand !
s'écrie Mère Ourse enchantée.
– Les murs n'ont pas l'air trop humides,
remarque Père Ours.
– Trop humides, répète la petite Oursonne,
qui fait toujours tout comme Papa.
– Allons chercher des fougères
pour faire nos lits, décide Mère Ourse.

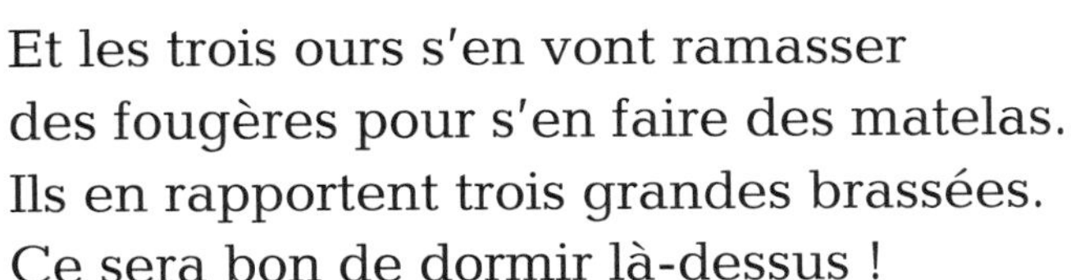

Et les trois ours s'en vont ramasser
des fougères pour s'en faire des matelas.
Ils en rapportent trois grandes brassées.
Ce sera bon de dormir là-dessus !

Oui, mais voilà :
de retour à la caverne,
quelle surprise !

Une famille d'élans est installée,
tout tranquillement !

Alors là, Père Ours se met très en colère !
– Qu'est-ce que vous faites ici ?
Vous n'avez rien à faire chez nous !
– Comment chez vous ?
Vous voulez dire chez nous !
Nous avons payé un saumon de loyer
à une certaine Fouine…
– Mais nous aussi, nous avons payé
un saumon ! dit Père Ours.
– Je commence à comprendre, dit Père Élan.
Cette Fouine est bien malhonnête !
– De toute façon, dit Père Ours,
nous étions ici avant vous !
– Tant pis pour nous, dit Père Élan.
Puisque vous étiez les premiers,
nous partons…

Alors la petite Oursonne s'assied par terre
et se met à pleurer de toutes ses forces.
– Je ne veux pas qu'ils s'en aillent.
Je veux jouer avec le petit Faon !

Comme Mère Ourse n'aime pas entendre
sa fille pleurer, elle a une idée.
– Après tout, cette grotte est très grande.
Nous pourrions peut-être la partager ?
propose-t-elle.

Mère Élan est bien contente de voir
les choses s'arranger.
– Nous n'avons pas besoin
de beaucoup de place, dit-elle.
Nous ne dormons pas comme vous
tout l'hiver. Nous cherchons seulement
un abri pour les jours de grand froid.

Père Ours se radoucit.
– Ma femme a raison. Vous pouvez rester ici.
Mais tâchez de ne pas faire de bruit :
je n'aime pas à être dérangé quand je dors.
– Nous marcherons sur la pointe des sabots,
promettent les élans.
– Et d'ailleurs, ajoute Père Élan,
moi, je ne serai pas souvent ici.
Je préfère le grand air !

Et voici la famille Élan
qui s'installe à l'entrée.

Le petit Faon s'en va trouver
la famille Ours au fond de la caverne.
– Avant de dormir tout l'hiver,
il faut faire un bon repas,
dit Mère Ourse.

Elle prépare un vrai festin :
des saumons frais, des œufs de bécassine,
des pommes, des glands, des noisettes,
et, pour le dessert, du miel.
Oursonne met du miel partout,
jusque sur sa fourrure. Faon voudrait bien
goûter à tout cela, mais il n'ose pas.

Oursonne et Faon font les fous tous les deux.
Mère Ourse a fait les lits,
Père Ours s'est endormi aussitôt.
Plusieurs fois déjà, Mère Ourse a dit :
« Au lit maintenant ! »
Mais Oursonne n'obéit pas.

Alors…

Alors Maman se fâche !
après cela,
Oursonne s'endort très vite.
Faon vient la voir sans faire de bruit.
Il sait bien qu'il ne faut pas la réveiller.
Mais il se sent bien seul,
il a presque envie de pleurer.

Le grand hiver est commencé.
Faon se promène en traînant
les sabots dans la neige.
– Si Oursonne ne dormait pas,
pense-t-il, nous ferions
de bonnes glissades.

Mais Oursonne dort comme un ours,
et ce n'est pas drôle, la neige,
quand on est tout seul !

Faon est malade. Il a pris froid dehors.
Sa maman est inquiète. Elle le soigne.
Elle lui apporte des écorces de bouleau
et des baies d'églantier.
Mais Faon n'a pas faim :
il ne mange que du bout des dents,
pour faire plaisir à sa maman.

Ainsi se passe l'hiver,
le long hiver de la grande forêt.

Ce matin,
Faon est guéri.
Le voici qui sort
de la caverne.

Mais comme tout a changé !
Le soleil est haut,
la neige a fondu.
Partout des fleurs s'ouvrent
dans l'herbe neuve.
– Tiens ! Mais c'est Faon ! dit l'Écureuil.
Alors, ça va mieux ? Comme tu as grandi !
Dis-donc, tu ressembles
de plus en plus à ton père...
– Ah bon ? dit Faon étonné.
– Tu connais la grande nouvelle ? dit l'Écureuil.
Aujourd'hui c'est le printemps !
– Le printemps ? dit Faon. Mais alors...
Je peux aller réveiller Oursonne.

Et il va taper sur l'épaule
de la petite Oursonne.

Oursonne grogne un peu, s'étire,
ouvre les yeux. Elle a l'air très étonnée...
Puis elle éclate de rire !
Faon n'y comprend rien.

– Que tu es drôle !
Tu es devenu énorme…
Et puis tu as…
Hi, hi, hi !
Tu as des cornes
qui poussent !
– Eh bien, toi,
tu n'es pas belle,
ta peau fait des plis
partout, tu es maigre !
répond Faon, vexé.
– Pas de disputes à la maison !
dit Mère Ourse.
– Ouste, allez jouer dehors !
dit Mère Élan.
– Viens vite, dit Faon, il y a partout
des bourgeons tout frais à croquer.

Faon et Oursonne ne se quittent plus.
Pendant toute la belle saison,
ils partagent les mêmes jeux,
des jeux d'ours et d'élans,
bien sûr !
Et quand l'hiver reviendra,
les familles Élan et Ours
sauront très bien où s'installer…
Et si la Fouine a envie
d'un saumon,
elle n'aura qu'à se le pêcher
elle-même.

Fin

La grosse noix

Un jour, comme ça, tout d'un coup,
quelque chose dégringole,
roule, roule, roule…
et s'arrête enfin au milieu du chemin.

– Qu'est-ce que c'est ?

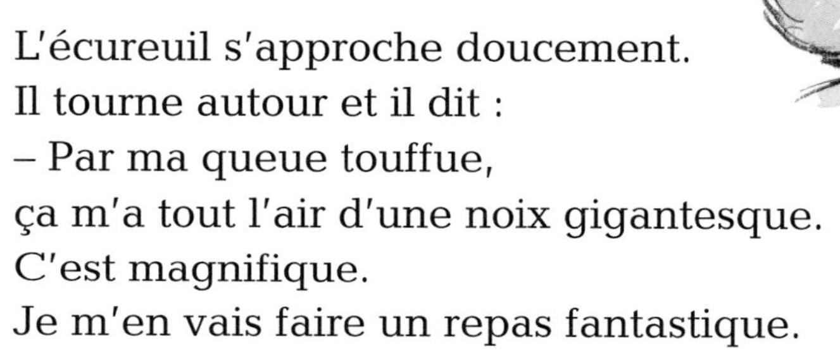

L'écureuil s'approche doucement.
Il tourne autour et il dit :
– Par ma queue touffue,
ça m'a tout l'air d'une noix gigantesque.
C'est magnifique.
Je m'en vais faire un repas fantastique.

L'écureuil essaie de prendre la noix
entre ses pattes.
Hou là là, que c'est gros !
Il essaie de la ronger.
Hou là là, que ça glisse !
Et hop !
Voilà la noix qui s'échappe,
qui dévale le chemin
et s'arrête enfin
juste devant le terrier
d'un lapin.

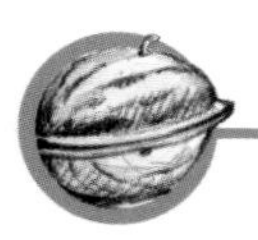

– Ho, lapin, sois gentil, ami,
viens m'aider à ronger cette noix.
Je n'y arrive pas.

Le lapin demande :
– Qu'est-ce que tu me donneras
quand je l'aurai ouverte ?
– Mais, elle est à moi !
C'est moi qui l'ai trouvée !
Je... Je t'en donnerai
un petit peu.

Le lapin n'est pas d'accord.
– Un petit peu,
ce n'est pas beaucoup.
J'en veux plus que ça.
Sinon, ouvre-la tout seul, et voilà !
– Ne t'en va pas, lapin, reviens !
Je partagerai avec toi.

Alors, le lapin s'approche de la noix.
Il essaie de ronger ici,
il essaie de ronger là.
Peste de peste, c'est dur !
Il tape dessus avec un bout de bois
et voilà la noix qui bondit en l'air...

... et va se coincer
dans les branches.

Là-haut, dans l'arbre,
le singe prend la noix
et pense :

« Hé hé, moi je l'ouvrirai !
Je me sauverai avec quand je l'aurai ouverte
et j'irai me cacher pour aller la manger
moi tout seul. »

Alors il descend de l'arbre
avec la noix dans les bras en criant :
– Hé là, les petits, me voilà !
Je vais vous l'ouvrir, cette noix.
Cric crac, cric crac,
le temps de compter jusqu'à trois.

Un, deux, trois, cric crac !
Rien du tout.
La noix ne s'ouvre pas.
Le singe s'énerve.
Il flanque un coup de patte dans la noix.
Et voilà qu'elle descend
dans les rochers au bord du lac.

Alors l'écureuil,
le lapin et le singe
courent derrière elle.

Badoum, badoum, badoum !

Voilà l'ours qui sort de sa caverne en bâillant.
– Ours, ours, dit l'écureuil, tu es fort.
Ouvre-nous cette noix.
– Hou là, hou là là !
Mais c'est un gros travail, ça.
Que me donnerez-vous pour le faire ?

L'écureuil répond en soupirant :
– Je vous en donnerai la moitié.
Et moi j'aurai l'autre moitié.
– Et nous, alors ? crient le lapin et le singe.
– Mais vous ne l'avez pas ouverte !
répond l'écureuil.
– On a essayé, dit le singe.
– Et c'était très fatigant, dit le lapin.

Et le singe dit encore :
– Alors, on aura tous une moitié.

L'écureuil se fâche :
– Vous êtes idiots !
Il n'y a pas quatre moitiés
dans cette noix.
Et puis c'est moi qui l'ai trouvée.
Nom d'une peste,
vous m'énervez !

L'ours dit en grognant :
– Si on partageait en quatre, ça vous irait ?
Dépêchez-vous de vous décider,
parce que moi, j'ai sommeil.

L'écureuil est furieux.
– Faites comme vous voulez.
Il ne me restera presque rien !

Et l'ours dit :
– Alors, j'y vais.

Il regarde la noix, il fronce le museau,
il allonge ses gros bras d'ours
et il se met à serrer, serrer la noix ;
si fort, si fort, si fort, que la noix vlouf !
saute en l'air et plaf !
lui retombe droit sur la tête
avant d'aller plouf !
tomber dans le lac.

L'écureuil a le fou rire.
Mais l'ours est très fâché.

Il hurle :
– Poil aux pattes !
Cette noix m'a démoli le cerveau.
Je prends le bateau,
et je vais la repêcher.
Pendant ce temps,
allez chercher une pierre,
un marteau, une massue, un rocher,
que je vous écrabouille ce monstre,
que je vous l'escagasse
et que j'en fasse de la bouillasse !

Et l'ours s'en va sur l'eau
en ramant de toutes ses forces.

Pendant ce temps, sur la plage,
voilà la pie qui atterrit
et qui dit aux trois autres :
– S'il vous plaît, arrêtez.
Vous êtes bêtes, têtus et mal élevés.
Laissez-moi faire, je me charge de votre noix
dès que l'ours la ramènera.

L'écureuil dit :
– Ha ha, tu te crois plus forte que moi !

Le lapin dit :
– Ho ho, t'es zinzin du cerveau !

Le singe dit :
– Hi hi, t'es ratatinée dans ta tête !

On entend alors un grand bruit.
C'est le bateau qui a craqué.
C'est l'ours qui crie, et qui revient à la nage
en poussant la noix avec son museau.

– Hourra ! La voilà ! Tu sais quoi, ours ?
La pie nous a dit qu'elle ouvrirait la noix.
Ha ! Ha ! Ha !

La pie attend qu'ils aient fini
de se moquer d'elle.
Et puis enfin,
elle s'approche lentement de la noix.

Tout le monde se tait.
Et, dans le silence,
elle frappe sur la noix
trois petits coups de bec.

Toc, toc, toc !

Alors…
on voit
quelque chose bouger.

C'est une petite tête
qui sort d'un petit trou
que personne n'avait remarqué.

Et on entend une petite voix qui dit :
– Ah ! enfin quelqu'un de poli !
Le tremblement de terre
et l'inondation sont finis ?
Je suis un ver,
et j'habite ici.

– Excusez-les, répond la pie,
ils ne savaient pas
que cette noix était habitée.

– Je suis désolé, dit encore le ver,
mais ceci est en effet ma maison.
J'étais en train de déjeuner
quand on a commencé à me secouer.
Allez donc voir ailleurs
si vous cherchez à vous loger…

– Ici,
j'occupe l'immeuble tout entier
avec mes dix-huit cousins,
mes quatorze copains,
et ma meilleure amie bien sûr.

Alors l'écureuil, le lapin,
le singe et l'ours se sont excusés.

Et le ver est retourné à son déjeuner.

Fin

Blancheline

– Non !
Je ne veux pas te regarder,
dit Blancheline
au gros chien,
ta figure me fait peur.

Le chien veut jouer.
Il renverse la caisse,
la petite porte s'ouvre
et Blancheline s'échappe.
– Oh ! il va m'attraper !
Comment me sauver ?

Vite elle se glisse, toute menue,
entre les barreaux de la clôture.
Le chien, lui, ne peut pas passer par là,
il est trop gros.

Blancheline court… court et court…
Elle traverse des champs couverts de neige.

Enfin elle s'arrête et regarde derrière elle.
– Plus de chien ? Comme tout est loin !
C'est si grand que ça, le monde ?
Je peux courir où je veux ?
Et aussi longtemps qu'il me plaît ?

Je suis fatiguée.
C'est la première fois !
Maintenant je me repose…
Comme c'est bon de se reposer !

Arrive un lapin de garenne.
Il s'arrête, étonné.
Un lapin tout blanc ?
Ça existe vraiment ?
C'est bien joli.
– Bonjour, petit lapin blanc !
– Bonjour... lapin tout brun.
Moi, je m'appelle Blancheline.
J'ai un peu faim.
Avez-vous des croûtes de pain ?
– Croûtes de pain ?
Quelle drôle de chose !
Moi, je m'appelle Brun de Garenne.
Vous avez faim ? Venez !
Il y a là-bas un chou à peine rongé,
nous allons le partager.

– C'est bon, ça croque, c'est frais !
dit Blancheline. Seulement,
j'ai les pattes mouillées, et j'ai froid.
Avez-vous de la paille bien sèche
pour me réchauffer ?
– Paille bien sèche ?
Quelle drôle de chose !
Vous avez froid ? Vous êtes mouillée ?
Mon terrier n'est pas loin.
– Un terrier, c'est quoi ?
– C'est ma maison, il y fait bon.
Venez, nous y serons bien.

Par petits bonds, Blancheline suit son ami.

– Attention ! Le renard !
Il va nous manger !
crie Brun de Garenne.
Vite, vite, courons au terrier !
– Encore courir ?
Je n'en peux plus !
Est-ce que rien ne va me sauver ?

Blancheline se fait toute petite.
Elle a peur,
elle ferme
les yeux.

Le renard s'élance derrière Brun de Garenne
qui court vers son terrier,
hop ! hop ! hop !
Il y entre, il est sauvé !

– Raté ! soupire le renard.
Il s'éloigne sans voir Blancheline,
petite boule blanche comme neige,
immobile dans un creux.

Dans son terrier,
Brun de Garenne attend Blancheline.
Pourquoi ne vient-elle pas ?
Il se risque hors de chez lui. Personne !
Le renard l'aura mangée !
Tristement il s'avance en disant tout bas :
– Blancheline…
Blancheline… Blancheline…

Brusquement il sursaute !
Il a posé ses pattes sur une boule de neige…
chaude ! et qui bouge !
et qui ouvre ses yeux rouges et qui dit :
– Lapin, vous marchez sur mon dos !

– Blancheline ! Vous êtes sauvée ?
Le renard, lui aussi vous a prise
pour de la neige !
– Est-il parti vraiment ? J'ai encore peur.
– Vite, venez chez moi, nous y serons à l'abri.

– Oh ! Oui. Je vous suis,
Brun de Garenne,
et je ne vous quitterai plus.

Tant que durent les grands froids,
les deux lapins sortent peu.

Quand reviennent les beaux jours,
qui se promène
dans les herbes en fleur ?
Brun de Garenne !
S'il ne bouge pas, on le voit à peine.
Et Blancheline ?
Où est-elle donc ?

– Je suis ici, au fond du terrier !
J'ai des petits très doux :
un comme moi...
un comme lui,
un comme lui et moi,
et un comme moi et lui.